KB183926

사랑의 나라에서

사랑의 나라에서

호영송 시집

문학
마을

시, 나의 처음과 마지막

나의 마지막 시집을 펴낸다.

나의 첫 시집은 1962년 직접 타자기로 쳐서 한정판
으로 낸 《시간의 춤》이었고, 두 번째 시집은 1965년 펴
낸 《호영송 시집》이었다.

나의 첫 시집은 '불화의 산물'이었다. 나는 세상과
대립했다. 6·25의 포화 속에서 삶과 죽음이 공존하는
극한 상황을 맞으며 세상과 부딪쳤다. 고등학교 시절
4·19 의거 결의문을 쓰면서 세상과 맞섰다. 스무 살 나
이로 첫 시집을 낼 무렵 사람들은 나를 '불의 시인'이라

고 불렀다. 그 무렵 나의 시들은 언어의 갑주와 투구로 단단히 무장했었다. 아마도 내 속에는 부조리한 삶과 세상에 대한 분노의 불꽃이 타오르고 있었을 것이다.

'불의 시인'이 된 나는 연극을 했고, 소설을 썼고, 그림을 그렸다. 각본을 쓰고, 책을 편집했으며, 평전을 썼다. 예술과 일상과 생존을 오가는 모든 시간의 중심에 여전히 시가 있었다. 시와 싸우고, 세상과 반목하며, 불화와 불화하던 어느 무렵, 나는 절대자를 만났다. 절대자의 존재를 깨닫는 순간, 6·25의 포화 속 파주 월롱역 부근 철교에서 살아난 것이 기적이었음을 깨달았다. 지난 시간을 돌이켜보니, 기적은 내가 머물렀던 모든 곳과 모든 때에 있었다.

나이 들어, 불화가 멈춘 곳에 절대자의 사랑이 가득함을 알았다. 이제 나는 '불의 시인'이 아닌, '사랑의 시인'이 되고 싶다. 이 시집에 수록한 시들은 모두 '사랑의 산물'이다. 나는 절대자의 사랑 가운데 희망을 찾는 나의 비루한 몸과 차가운 손을, 이 시집에서 꾸밈없이, 날것 그대로, 드러내려고 했다. 그래서 이 시집의 이름을 감히 《사랑의 나라에서》로 붙인다. 이 시집은, 아마도 나의 마지막 시집이 될 것이다.

시집의 출판을 위해 애 쓰신 편집진 여러분과, 지난 날 함께한 문우들과 가족들, 그리고 아내 이경자에게 각별한 고마움을 표한다. 이 시집의 부족함은 온전히 나의 몫이요, 이 시집에 담긴 사랑은 온전히 절대자의 몫이다. 내 삶의 처음과 마지막을 '시'로 인도하신 절대자의 은밀한 계획에 삼사드린다.

호영송

차례

1부 사랑의 나라에서

2부 영혼의 누이에게

3부 발은 날개가 있지 않다

□ 서시

나에게는 아름다운 누이가 있네,
아내라는 이름의

나에게는 배신이 허용 안 되는 누이가 있네,
아내라는 이름의

나에게는 허세가 안 통하는 누이가 있네,
아내라는 이름의

나에게는 거짓이 안 통하는 누이가 있네,
아내라는 이름의

나에게는 큰절을 해야 하는 누이가 있네,
아내라는 이름의

나에게는 거짓부렁이 안 통하는 누이가 있네,
아내라는 이름의

나에게는 진심만이 통하는 누이가 있네,
아내라는 이름의

사랑의
나라에서

그는 작은 역 아스타포보에서 다시 떠났다
-작가 톨스토이를 위하여

그는 끈질기게 잘 따지는 아내도 모르게 떠났다.

세상에 자욱하기도 한 그의 명성

러시아의 대작가 대부호 백작, 영예, 다 벗어버리고.

시골 작은 기차역 아스타포보로 떠나

82세 늙은 몸도 벗어버리고

다시 먼 길 떠났다.

세상은 그의 도착을 말하지 않는다.

그는 〈부활〉이라고,

안타깝고도 뜨거운 심정으로 썼다.

그는 회생의 확신을 나누어 주려 했다.

그에게 동의 않는 사람들도

확신의 바위 위에

그가 우뚝 선 것은 알았다.

그의 몸이 죽은 뒤

불사의 명예가 뒤따랐다.

그가 옆으로 지나면 의심나는 이들

얼른 물어볼 일이다. 물을 기회는 또 오지 않으리.

그가 다시는 죽지 않고

부활하리라.

그는 이제 아스타포보에서도 보이지 않는다.

도스토예프스키에게 배운다

왜 삶은 결국 누구라도 썩고,
썩은 냄새가 나는가

살아 있는
사람들은 그 과제를 푼 척 하나
풀지 못한다.

"사람은 썩음에서 비롯되는가?"

아름다움도 썩고 만다.
삶은 처음부터
썩음을 외면한다.

삶은 잘 썩고
썩음 뒤에

새싹이 난다.

도스토예프스키는 쓴다.
삶의 견딜 수 없는 독한 냄새를
덮지 않는다.

잘 썩자. 그런 뒤
잘 태어나자.
하나님이 빛을 주신다!
신선한 빛!

하나님께 감사한다.
하나님께 감사하기 어려우면 우선
도스토예프스키에게 감사하자.

우리들 곁에 정말 어른이 한 분 계시다네
– 김수환 스테파노 추기경 송시*

우리들이 1960년 4·19때 "민주주의를 사수하자"고
외치면서,
  경무대로 달려가던 그 힘은 무엇이었나?
  "그건 용기이며 정의감이었지."

  우리가 피 흘리며 지키려던 대통령 직접 선거권을
  빼앗아 간 그 힘은 무엇이겠나?

  그 어지럽던 유신 정치의 70년대,
  우리들의 젊음은 울분과 좌절감으로
  반신불수가 됐었지.
  감옥 갈 용기 없으며, 국으로 틀어박혀 소주병이나
비우며,
  혹은 이민 가는 친구 배웅하며 울분을 달래던 우리,
  바로 그 시절

서울 명동에 울려 퍼지는
종소리, 그것은 한줄기 위안이었다.
종마루 언덕 붉은 벽돌 성당
십자 첨탑을 바라보면,
"아니다. 희망은 있다!"
이런 소리가 들리는 듯했다.

거기, 성당을 지키며
때로는 나직하게,
때로는 진지하게,
실의에 빠진 사람들을 다독거려주는 한 사랑의 사제
가 계셨지.
유난히 인중이 길고 음성이 깊은 그분.
자네도 알겠지,
스테파노, 우리들의 추기경님!

우리들 모두 잠든 깊은 밤에도

주교관의 전등을 껐다 켰다 하며,

혹은 한숨 짓고,

혹은 예수 그리스도 앞에 무릎 꿇고

독재권력에게 끌려간 또 다른 사제를 위해

기도하던 추기경님.

그분은 비싼 승용차 타는 것 마다하고

이름 없는 변두리 철거민과

가진 것 없고 배운 것 없는 사람들을 위해

노심초사하였네.

또 어떤 날은 이 땅의 불굴의 권력자 앞에 바짝 다가

가서

간절하게 설득하고,

또는 단호하게 충고를 하기도 하였지.

그분은 가톨릭교회의 추기경이자,

교회 밖 '힘없는 시민들'의 추기경.
가난하고 조금 고지식하고,
권력 못 가지고, 입바른 소리 잘하고,
탄압받는 사람들의 맏 형님,
옛날 시골의 촌장 같은 분.

'끝이 좋으면 모든 게 좋은 법'이라고도 하지만,
여보게, 지금 돌이켜보면
70년대 유신 시절이건, 80년대 5공 시절이건,
그 지나온 가파른 벼랑길이
대수롭지 않아 보일는지 모르지.
혹시 세상 떠난
그의 옥사한 할아버지의
넋이 그를 힘쓰게 했던가?
그래도 이 땅에

우리들의 추기경님이 함께 계셨기에

명동성당은 더욱 높아 보였고

성당의 종소리는

명동에서부터 온 나라

들판과 산골에 울려 퍼졌지. 나는 누구를 미화하기는
싫다. 내 만일 우리들의 추기경님을 미화한다면,

도리어 그 어른을 해코지하는 것이거든.

그 혹독한 계절에

양 떼를 지키는 목자로서

슬기롭고도 꿋꿋하게

견디게 한 그 힘은 무엇이겠나?

오로지 그리스도의 가르침과 사랑이었네.

형님 동한 신부를 여의었을 때는

가슴이 패여 망연해하던 다감한 분이지만,

독재 권력의 칼끝에는 끝끝내 매섭게 마주 선 어른.

여보게, 이 나라가 위기에 부딪칠 때마다

우리들 곁에 정말

어른 한 분이 계시다네.

그리고 추기경님 곁에는 또 한 분

무엇보다도 예수 그리스도가 함께 계시다네.

* 2001년 추기경님의 팔순을 기념하여 헌정한 시. 추기경님은 나의 동성고등학교
  20년 선배가 된다. 2009년 선종한 추기경님의 추모식에 38만 명이 모인 것은
  하나의 역사적 기록이다.

십자가, 영원한 플러스의 기호

나는 십자가 앞에서 눈물 흘려도

십자가는 쉽게

그 눈물 닦아 주지 않는다.

십자가는 그저 침묵의 기호인 듯,

《시간의 역사》를 썼고

특수 고안한 휠체어에서 50여 년 갇혀 지낸

물리학자 스티븐 호킹은

천체물리학적 공식으로

십자가의 암호를 풀려다

몽땅 자기를 백기처럼 들고

마치 코미디 장면에서처럼 우습게 죽었다.

그와 동갑내기이기도 한 나는 꽤나 씁쓸.

아인슈타인 이후의 뛰어난 물리학 천재도 별 수 없었다.

"우리는 지구를 떠나

어느 별이든 시구와 흡사한 별로

모두 이사 가는 게 최선"이라고

그는 말했다.

물리학자의 시간은 그냥 물리학적 시간일 뿐.

허나 생각하자. 우리 '바울의 시간'은 따스해.

다메섹 이후 그의 시간은 따스해. 우리 그에게로 달

려가자.

자랑스럽던 그 로마인은 이제 새로이 말한다.

"다메섹에서 예수가 나를 새롭게 곧추세웠다!"

사랑의 나라에서

내
사랑의 나라 곳곳을 두루 돌아봤는데
산야에서건 시민들 틈에서건
오묘한 항구에서건
만난 것은 갖가지 현상. 이를테면
오뇌(懊惱)도 쾌락도, 단꿈도 신음도
마시면 취하는 약수도 다 있었는데
그 가운데서도 희한한 것
'희망'이 있어, 내 손 안에 활기의
불(火)을 쥐어 주었다.

비록 주림과 병마와 오해가
붕궤(崩潰)를 꿈꾸며
도처에 도사려 있을지라도 언제나
또 한켠엔 희망이 있는 것이다.

미래 여신(女神)의 희한한 모습.

오늘 내 한손엔 희망의 불길
이렇게
몸 그대로 사그라질지라도
한(恨)됨이 없이
순간마다 빛나는 영원의
젖가슴을 내가 만지기도 하면서
이승의 업고(業苦)야 두렵지 않다.

사랑의 나라에서
내 지나는 길이 희망으로 환하고
진실과 화합된 영원이
자꾸 내 앞에
크게 나타나는구나.

시간(時間)의 바다에서

신(神)은 실로 먼 곳에 있다.
우리는 가혹한 '시간의 바다'에 떠 있어
'신의 대륙'에서부터
아주 멀리 표류하여 비틀거리고
파도는 자꾸 거세게 일어
우리를 더욱더 대양의 한가운데로
몰아간다.

신은 이곳에 눈(眼)을 주고
이곳에 귀(耳)를 두고
지금 멀리에 있다.
신의 의지인 산(山)은, 저 대륙 높이 솟아
우리에게 외친다.
"의지를! 강한 의지를!"

그는 먼 곳에서 손짓하고
먼 곳에서 우리를 사랑한다.
시간의 물결은, 초조하게 출렁거리며
우리가 울부짖는 비탄과
마디마디 귀한 진실의
기원을 몰아 삼켜버리며
제 영혼을 꿈꾼다.

삭신 파고드는 음울한 바람 몰아치고
우리는 시간의 파도에 휩쓸리며
부르짖는다.
"Time must have a stop!"*
"물결이여! 멈추어다오!"

우리는 지금,

유형의 배(船)를 탄 어부처럼

고향인 대륙으로부터 아득하게 멀어져

있다.

* 영국 출신 소설가 올더스 헉슬리의 유명한 작품 제목이기도 하다.

엘리 위젤은 무엇을 남겼나?

엘리 위젤이 지난 달 떠났다.

이 땅에 다시 오지 않을 것이다

그의 책들은

독자들이 불러내어도 이 세계에

다시 덮이지 않을 것이다.

그는 열 살도 되지 않은 나이로

유대인 수용소에 끌려갔다.

그는 투쟁할 수 없었고

그저 유대인의 수난을 꿰뚫어 지켜보았다.

어느날 독일 수상 빌리 브란트가

유대인 수용소를 찾아 무릎을 꿇자,

그는 두 줄기 눈물을 흘리면서 말했다.

"하나님이여, 우리 모두를 불쌍히 여기소서!"

* 엘리 위젤은 유대인 수용소에 끌려가서 어린 9세 나이에 수난을 받았다.

슈바이처 박사를 보시옵소서

먼저 나 자신을 꼼꼼히 살펴보기로 하자. 우선 나는 지금 크리스천이라고 자부하는가? 자부한다면, 그 자부심의 근거는 무엇인가?

"나"를 잘 살펴본다는 것은 흔히 미래를 바라보며 자기 발전을 챙기는 경우이다. 그러나 내 경우는 좀 다르다. 어디 입사 원서를 새로 내려는 것도 아니고, 인생의 회상기를 쓰려는 것도 아니다. 내가 전에 '70 고개'를 넘어설 때와 같이, 지금 역시 겸허한 반성과 삶에 대한 무슨 욕심이라곤 있지 않은, 순수함 자체였다.

그야말로 '실존주의 철학'의 방식이다. 나는 중학생 때부터 실존철학의 대표적인 철학자 장 폴 사르트르를 존경했다. 물론, 내가 유신론자가 되고(!) 기독교 신앙 생활을 하게 되면서 내 태도는 변할 수밖에 없었다. 아마 사르트르가 나를 보면, 어처구니없게도 배신자가 되

었다고, 실소(失笑)를 했을 것이다,

　아무튼 나의 태도는 달라졌다. 그 유명한 철학자들을 주인공으로 하는 장편소설을 구상해 왔다. 그의 상대역은 바로 그와 아주 가까운 육친이며, 세계적으로 유명한 노벨평화상 수상자 알베르트 슈바이처 박사! 슈바이처와 사르트르는, 한 노인에게 한 사람은 조카이고 한 사람은 외손자이다. 곧 그들 슈바이처와 사르트르는 가까운 친척 사이다. 사르트르의 회상기《말》을 보면 어린 사르트르는 취학 전 어릴 때부터 외할아버지 찰스 슈바이처의 서재에서 많은 책들을 보고 또 보았다. 신앙심이 돈독한 할아버지는 자신의 자손들이 목사가 되길 원했다. 슈바이처는 신학 공부도 했고 그의 아버지처럼 목사를 한 적도 있다. 뿐더러 슈바이처는 두 가지 박사 학위를 30세 이전에 획득했다! 세계가 아는 일이다.

사르트르의 자전적 작품 《말》은 심드렁하게 이 이야기를 전한다. 특히 슈바이처와의 혈연관계도 의무적으로 밝힌다. 이렇듯 당시 독일에서 촉망되는 존재가 된 슈바이처가 현대적인 병원이라곤 없는 아프리카로 가려 하자, 독일에도 할 일은 많다면서 반대하는 여론이 매우 높았다. 그럼에도 슈바이처는 아프리카의 '랑바레네'로 갔다. 그 이후는 알려진 대로 노벨평화상도 받고 90세가 되도록 그곳에서 자기 인생을 헌신하였다.

나는 기독교인으로서, 슈바이처의 의연한 믿음을 무척 신뢰한다. 나는 그가 대표적인 무신론자이며 실존 철학의 대가인 사르트르와 대조적인 모습으로, 대립 관계에서 신랄하게 토론하고 풍자하는 미묘한 갈등을 그려 보려 노력해 왔다.

겨울 숲에서

내가 이 숲에서 긴장한 것은
추위도 바람 탓도 아니다.
이 텅 빈 공간에서
차갑게 뒹구는 지난 계절의 마른 잎새들의
차가운 말 몇 마디를 엿들었거나,
고요한 하늘로 팔을 펼친
나무, 나무, 나무들의 허한 옆구리를
지켜보았기 때문도 아니다.

숲은 새들의 노래나 푸르름도 지니지 않았고
아무런 동무도 데리고 있지 않았다. 단지
까치, 딱따구리 같은 텃새가 이따금씩 우짖을 뿐
이 인내의 시간이 가고서
봄이 마침내 이 자리에 가득하게 들어서리라는
믿음으로 서 있노라면,

굳은 돌멩이마저 무언가

말소리를 터뜨릴 듯하다. 다음 주나 다다음 주쯤,

내가 다시 여기 이르면, 이 숲은 연한 초록빛

깃봉을 하늘로 향하고 무수히 많은

생명의 깃발을 내걸 것이다.

겨울 숲에 있자면 봄이 보이고

빛이 터지는 소리가 들린다.

10세쯤의 소녀

내가 개천 옆 의자에 앉아
책을 보다 삼깐 쉬는 사이,
10세쯤 되는 소녀가
내 옆에 앉았다.
"선생님, 책 보세요?"
그러나 겨우 몇 마디 나누지 못한 뒤
그녀는 사라졌다.
그녀가 남긴 말
"나도 열심히 살 거예요!"

잠시 나는 깨어나
소녀를
찾았으나 보이지 않았다.

나를 격려한

어린 소녀, 난 그녀를

천사라고 생각한다.

* 실화를 쓴 것이다.

이 시대의 기인 김형석 교수

북한 출신인 그는 해방 전 김일성의
옆자리 담화를 듣고는 놀래서 월남했다.

100세를 살고 참으로,
강건한 김형석이 되었다.

그는 매주 시민들을 위해
〈동아일보〉 등에 논설을 쏘아 올렸다.

그는 매해 키가 컸다.
남달리 100세의 큰 키!
나는 부족한 내 시의 논리를 높이고저 그에게 배우고
저!

강변 들판에서 책을 읽으며*

내가 영상예술가라면 내가 펼친 책과, 그리고
내 앞에 널찍이 책처럼 크게 펼쳐진 저 한강변의
들과 강, 저 한강 건너 산들을
이중 노출 기법으로 한데 묶어 볼 수 있을 것 같다.
내가 읽고 배울 게 많다.

내가 지금 읽는 종이책의 저자는
유니크한 질문을 던진다. 예상을 비켜간 질문들
재미난 전개의 연속.
옛 그리스의 소크라테스를 자주 인용하다가,
기어코 소크라테스처럼 기발한 전개도 불사한다.

나는 문득 의문에 사로잡힌다.
이 놀라운 큰 책을
내 앞에 대담스레 펼쳐 놓은 그 저자는 대체 누구인가?

이 세상 책의 저자들,

이를테면, 18년간 이어진 유배의 나날에

500권이나 되는 책들을 써낸 다산 정약용의 고독하고

끈질긴 정신의 승리를 감탄한다.

그는 정조대왕에 대해서는 잘 알았겠지만,

큰 책을 펼친 한 분,

그분에 대해선 모른다 했다. 칼이 '천좍쟁이'에게 곧장

날아드는 세상인데 어찌하리.

머지않아 이 벌판에는

또 가을이 이를 것이다. 나는 책을 접는다.

큰 들판에 펼쳐진 큰 책은 내 손으로 덮을 수도 없다.

나는 강 건너 정다산의 모습 비취는 운길산 쪽 하늘을

바라본다. 가슴이 먹먹하다.

* 2021년 '시인들이 뽑는 시인상' 선정한 시

곧게 선 나무에게

곧게 자란 나무들
그들이 무엇인가 형성하려는 듯!

저 높은 곳에 있는가?
하나의 가정법은
그에게는
신학이 된다.

"곧게 선 나무에게 거듭 묻는다.
저 위에 무슨 다스림 다른
무슨 나라가 있는가?"

이어령 선생님께

재치 있네!
멀리서 존경했고
그의 사심 없음에
신바람도 났다.

하루는 함춘원 봄 머금은 강연회,
하루는 새 사무실,
그러나 발걸음 "삼가기로 하자"
"공부하자 나도."

하루는 댁을 찾아 인사 갔더니
거의 신경질을 부리며
까닭도 모르게
버럭 화를 냈다.
왜 녹음기를 준비 안 했어!

(전 녹음기를 안 쓰는데요!)

그러나 마음속으로만 말한다.

그러고선 집에 와서 들은 말씀.

노트에 다 적고, 빠짐없이 내 기억력 신뢰!

그의 모습 볼 수 없는 아쉬움……

그렇지만 아쉽네, 그의 모습

그립네. 60년 세월!

세상엔 이어령 한 사람뿐!

세상에 왕은 많다.

그러나 미켈란젤로는 하나뿐이다.

박희진 선생님께

침묵을 꽤나 아끼셨죠.
그 침묵 속이 저에게도
겁나게 들여다보이데요.

성찬경 씨에게 '시(詩)의 병균' 옮겨주었다고
그 일을 꽤나 재미있게 여기셨죠. "하, 하, 하."
구상 선생의 행동하는 포용력
어찌 말없이 견디셨죠?
성 시인이나 구 시인은
"예수"의 품에 폭 빠지셨는데요.
박 선생님은 사찰에 폭 빠지셨던가요?
그 불립문자(不立文字)의 지옥을 보고
겁이 나셨던가요? 사찰에서,
절에도 절로 끊고서……

박종홍 교수의 입교

"죽음에 이르러

그는 왜 황급히 신앙을 받아들였는가?"

나는 팔순 다 되어서야 그 소식을 들었다.

질문 기회를 놓쳤다.

이 나라 대표적인 지성 서울대 철학 주임교수

제일 고집스럽게 철학의 길 걷던.

"왜 '예수쟁이'가 되었을까?"

대답을 안 하고 멋쩍게 웃었을 것 같다.

박종홍은 이어령의 모습은 부정했을까.

이어령 교수 앞에 서면 쑥스러웠을까?

나는 그분의 반기는 입교 선언에 코가 시큰거린다.

* 이어령은 서울대 국문과 재학 중에 스승 박종홍과 폭넓은 토론을 했던 일이 있음.

2부

영혼의
누이에게

문학 속의 불우하고도 이상한 별, F. 카프카

내가 작가 생활 60년에 가장 존경하고 사랑해온 작가는 프란츠 카프카이다. 중학교 시절부터 나는 카프카 신도이다. 내가 카프카에 열심이어서 인기 작가 조세희는 내 별명을 "호프카"라고 지었다. 카프카는 자기의 아버지에게서 한국식으로 말하자면, "네가 사람 노릇하기는 글렀고, 아예 나가 뒈져라!"하는 심한 말을 종종 들었으며, 그 결과 아버지에게 복수하는 끔찍한 단편 〈사형 선고〉를 쓰기도 했다. 자기 아버지에게 나가 죽으라는 말을 듣고 그는 작가답게 실천한 것이다.

오랜 훗날, 세계 최고의 경영학자가 되었으며, 젊어서 문학청년이었고 훗날 경영학의 대가가 된 피터 드러커는, 41세에 폐병으로 병사한 카프카의 최후를 증언한 한 무명 의사의 말을 용케 듣고 이를 전했다. 그 무명 의사는 드러커가 좀 알고 지내던 사람이었던 것이다.

아뿔싸! 그 세계적인 작가가 비참한 환자로 죽었는

데, 아직 무명의 피터 드러커가 전하지 않았으면 이 사실도 묻힐 뻔했다. *그가 살아서 쌩쌩할 때* 카프카는 노벨평화상 받을 정도의 큰 공로를 세웠다. "보헤미아왕국 노동자 상해보험국"에 근무하던 법과대학 출신 박사 — 이 엘리트는 추진력, 집중력이 보통이 아니었다.

그는 출신부터 남달랐다.

"유대인에게서 태어났으나 유대교도도 아니고, 그렇다고 그리스도교도도 아니며, 독일어를 사용하나 독일인도 아니고, 프라하에서 출생했으나 체코인도 아니며, 관청에 자리를 가졌으나 공무원도 아니고, 안전한 작가생활 역시 못했고, 시민계급도 노동계급도 아닌 프란츠 카프카는 아무 세계에도 소속되지 않은 이방인이다. 이러한 '이방인'으로서 바라본 세계와 인간의 모습이 카프카의 작품 내용이다."(독일어 원문 작품 번역자 전희

수 씨의 해설에서 인용.)

이것이 작가 카프카를 규정하는 해설의 기본적인 전제다. 동시에 카프카 문학을 이해할 가장 기본적인 관점이다. 따지고 보면 카프카의 문학은 그가 원천적으로 가진 무언지 낯선 인상과 교묘히 조합된다. 어떤 색깔 하나로 규정할 수 없는 그의 문학의 깊은 인상은 다른 어느 작가보다 도전적이고 압도적이다.

겨우 중학교 3학년생인 나의 눈에 카프카는 압도적이고 현란했다. 수십 년 지난 지금도 그의 책 표지가 눈앞에 어른거릴 정도이다. 특히 압도적인 중편소설 〈변신〉의 첫 장면이 보여주는 충격은 마치 무언가에 맞아 내 코에서 코피가 흐르는 듯한 느낌이었다.

카프카와 대면! 국내 작가 누구도 그런 압도적이고도

도발적인 감정을 준 작가가 없었다, 6·25 한국전쟁 때 아홉 살의 나이로 엄마와 가족의 절반이 전투기 폭격으로 죽은 내 상상력은 장 폴 사르트르의 실존주의 소설에 크게 이끌렸다. 게다가 카프카와의 만남은 불에 기름을 부은 듯했다. 파편에 맞아 검게 썩는 내 손에서, 다른 손으로 고름을 짜고 뼈를 빼내서 버리는 일을 했던 내게 아직은 종교의 믿음도 없었다. 주변에는 나를 살펴 주는 사람 하나 없었다. 내가 기억하는 것은 나 혼자 있는 방공호 공간이고 절대자에 대한 나의 저주스런 발언이었다.

내가 절대자에게 느낀 서운한 감정이 카프카 문학의 본질과 통했을지도 모른다. 그는 예리하게 신경병적인 걸작들로 세계문학의 보석 같은 자리를 차지했다. 그러나 독일문학권에서는 그의 당연한 입장을 챙겨주는 우군이 안 보인다.

　작가 구스타프 야누흐가 고작 17세 때 스무 살 위 카프카를 만난 후 4년 동안 나누었던 대화를 기록한《카프카와의 대화》를 읽다 보면, 활력이 넘치며 사려 깊은 카프카의 모습이 보인다. 법대 졸업생이었던 그는 당시 아주 유능했으며, 요직을 담당하고 있었다. 그는 미국이 주관한 어느 국제 공모전에서, 지금도 세계 각국에서 사용하는 '공사용 안전모'를 고안하기도 했다.

　책의 여러 장면에서 나오는 카프카의 의견은 쉬운 듯하나 그의 깊은 인생에 대한 관찰과 사려 깊은 심사숙고 아니면 볼 수 없는 흐름이다. 저자 구스타프 야누흐는 "논의의 여지가 있는 문제를 단 한마디로 번갯불처럼 환히 밝힐 수 있었다"라고 카프카의 날카로운 직관력에 감탄하고 있다. 나도 저자의 견해에 동감이고 감탄한다.

그의 말을 좀 더 인용하면서 끝마치겠다.

"음악은 내게는 바다와 같은 것입니다. 나는 압도당하고 아주 경탄하며 감격합니다만 무한한 것에 대해서는 불안을, 무서운 불안을 느끼고 있습니다. 나는 아주 서투른 뱃사공입니다."

카프카의 일절을 깊이 음미해 보기를 권한다.

원로 위르겐 몰트만씨가 내게 이르기를

88세! 88세의 연세에도 불구하고 철학에 한 마디.

신학자 위르겐 몰트만은 희망을 갖는 중요한 의미를 얘기했다. 그는 2차 대전 중에 독일군으로 동원되었다가 구함 받고 독실한 신학자가 되었다. 바로 그 점이다. 독실한 신학자가 되었고 88세, 온 세계의 20개도 넘는 대학에서 명예박사 학위를 받은 그가 88세의 나이에도 희망을 얘기했던 것이다. 그는 그냥 말한 것이 아니라 무게 있는 논문을 써서 외친 것이다.

나는 이번의 영성일기에 몰트만을 모티브로 잡고 글을 쓰기로 했다. 내가 바로 몰트만 그 사람이 될 수는 없지만 그에게 배우자.

원고지 10매 정도의 짧은 글을 연 이틀 작업하는 것은 내 컴퓨터 작업 상태가 오히려 더 나빠져서 곤혹스

럽다는 뜻이다. 지난 수년간 나는 솜씨가 오히려 퇴화하는 역조 현상 속에 있다. 솜씨가 퇴화하는 게 나만의 일인지(속도, 정확도 모두) 나이 먹는 현상인지 모르겠다.

그러나 중요한 것은 지레짐작으로 미리부터 포기하는 것이다.

내 깊은 생각을 밝히자면, 위르겐 몰트만의 논리는 아주 특별한 것은 아니다. 지혜롭고 신념 있는 사람이라면 너무도 당연한 귀결일 것이다.

어부 베드로는 십자가에 거꾸로 매달리고

시몬 베드로,

지금,

한강변 내 운동틀 앞에서

시몬 베드로를 본다.

말이 앞서던 수다쟁이,

닭 울기 전에 스승 예수를 세 번 부정한 겁쟁이,

허나, 순진하구나, 베드로!

새로운 십자가 형틀 앞,

로마 병사들 부리부리한 눈앞에서 스스로 자청하누나,

"이 몸은 감히 우리 예수처럼 십자가에 바로 매달릴

자격도 없소.

나를 거꾸로 매달리게 해주오."

한껏 너그러운 로마 병사들 앞에서 고개를 끄덕여주고

순교자 베드로는 거꾸로 매달리는구나.
마침내 베드로는 '바로 서는 법'을 실천했는데
이 늙은 시인 영송은
사도 바울도, 베드로도 그저 입에만 올린다.
기껏 제 몸 운동기구에 매달린다.

아, 아득히 2000년 전,
첫 번째 로마 교황은 십자가에 거꾸로 매달렸다네,
기적의 은혜 깊이 받은
21세기의 한 기독교 집사는
지금 제 몸을 위해 운동틀에 매달린다네.

마시는 물은 곧 선인가?

지금 내가 마시는 한 컵의 물은

한 시간 가기도 어렵다.

왜 이리도 자주 목이 마를까?

내 안에 마르고 마른 땅이 있는가?

지난 계절에 자라던 그 식물들은

모두 말라 비틀어졌는가?

우물에서 물 긷는 여인에게

조금은 수척해 보이는 한 사내가,

갑질은 아닌듯한 말투로,

"내가 주는 물을 먹는 자는 영원히 목마르지 아니하리니."

"나의 주는 물은 그 속에서 영생하도록 솟아나는 생명이 있나니."

낯선 방문객

한 사람이 실내에 서 있다. 그는 방금 이 실내에 들어 왔다. 그래서 낯선 실내 광경을 한번 둘러보고, 자기가 이 실내에서 무엇을, 어떻게 해야 할 것인지 생각하는 듯했다. 그 방의 임자는 보이지 않았고, 또 다른 누구도 보이지 않았다. 그러자 그는 다시 잠깐 생각에 잠겼다. 아마 주인이 없는 집에서는 어떻게 해야 할 것인지를 생각했으리라. 그때, 개 한 마리가 그에게 다가왔다. 그 다지 큰 개는 아니었으나, 사나운 이빨을 드러내고 으 르렁거린다면 손님으로서는 두려움을 느끼게 될 만했 다. 개는 처음에는 경계하는 눈빛으로 낯선 이를 쳐다 보았다. 그러다 차츰 다가왔고, 다리에 코를 가까이하 며 냄새를 맡았다. 그는 개 앞에서 되도록 태연하게 처 신하는 것이, 오히려 안전하리라고 생각했다. 그래서 그는 개가 냄새를 잘 맡을 수 있도록 가만히 서 있었고, 개가 그의 미소를 우호적으로 여길 것인지는 모르지만,

어쨌든, 미소까지 지어 보였다. 개는 경계심을 풀었는지 제가 엎드려 있던 자리로 갔다.

추운 날이었다. 실내지만 음산하고 추워서 몸이 좀 떨렸다. 그때 비로소 이 낯선 방문객은 거실 한가운데 난로가 있다는 사실에 주목하고, 그리로 다가갔다. 하지만 난로에는 불이 없었다. 다시 살펴보니 한구석에는 땔감으로 쓰는 조개탄이 쌓여 있었다. 작은 고구마 크기의 조개탄을 여러 개 옮겨다 난로에 넣고, 난로 옆에 있던 불쏘시개까지 넣은 뒤, 불을 붙였다.

이윽고 난로가 달구어졌다. 그는 난로 연통에 손을 가까이 대고 불을 쬐었다. 이윽고 온기가 방안에 퍼졌고 그는 난롯가에 있는 걸상에 앉았다. 모처럼 편안한 느낌이 들었다. 하품이 나왔다. 그는 잠시, 이 빈 집의 주인이라도 된 듯이 느긋하게 앉아 있었다. 개도 다시 난로 가까이 와서 낯선 방문객 가까이 쭈그리고 앉

았다. 개의 눈빛은 마치 주인을 쳐다보는 것처럼 평온
했다. 난로에 불을 지펴준 사실에 고마움을 느끼기라도
하는 듯.

그는 개에게 친근감을 표시하기 위해 한 손으로 머리
를 한두 번 쓰다듬어 주었다. 그는 만일 이 집의 주인이
나타난다면, 어떻게 할 것인가 잠시 생각했다. 우선 사
과부터 하고, 그런 뒤 적절한 감사의 뜻을 표해야 할 것
으로 생각했다.

*

우리들은 '이 세상'이라는 낯선 공간에 나타난 '방문
객'으로서의 자신의 모습을 생각해볼 수 있다. 추운 날
빈 집에 들어선 낯선 방문객은, 빈 난로를 보고, 또한

땔감을 보게 되자 우선 난롯불을 지피자는 아이디어를 갖게 된다. 이윽고 불이 지펴지고 난로의 열이 방안을 훈훈하게 만든 뒤, 우리는 느긋해진 몸으로, 이 집의 주인이 들어왔을 때 어떤 태도를 취하는 게 좋을 것인가에 대해 생각하게 될 것이다. 주인이 과연 어떤 성품을 가진 사람이며, 어떤 신분의 사람인지에 대한 호기심도 느끼게 되고, 과연 주인은 우리에게 어떤 태도를 취할 것인지를 생각해보기도 한다.

아무튼, 우리는 주인이 돌아왔을 때, 적어도, 주인 없는 집에서 난롯불을 쪼인 경위를 설명하고, 사후에나마 양해를 구하지 않을 수 없을 것이다. 우리는 개와 달라서, 주인의 사전 허락 없이도, 임기응변으로 난롯불을 지피고 주인의 귀가를 기다리게 될 것이다.

어떤 이들은 일찌감치 이 시대가 신이 죽은 시대라고도 하고, 아예 처음부터 신 같은 것은 존재하지 않았다고 말한다. 과연, 이 시대가 신 없는 시대라면, 신에게 존경이나 찬양의 인사조차 필요 없으리라. 마찬가지로, 우리는 주인이 돌아오지 않을 것이 명백한 집에서라면, 우리는 주인에게 사후에나마 양해를 구하고 예의를 표할 일도 없을 것이리라. 하지만, 온당한 태도를 가진 사람이라면, 어느 시간에 나타나든 주인이 나타날 때, 정중한 해명과 인사를 할 각오가 되어 있을 것이다. 설령 집 주인이 나타나지 않는다 해도, 감사하게 여기는 그 태도는 매우 자연스러운 것 아닌가.

소크라테스! 그 장렬한 죽음을 다시 생각하며

"그리스의 철인 소크라테스가 왜 위대한 사람이며, 왜 그는 문명세계의 4대 성인으로 꼽히는지?"이런 의문은 한 두 사람의 의문이 아닌 듯하다.

소크라테스는 무엇보다도 그 죽음부터 놀랍다. 왜 그는 도망칠 기회를 그냥 물리쳤을까? "플라톤은 알아도 소크라테스는 모르겠다", "아리스토텔레스는 알 것 같은데 소크라테스는 잘 모르겠다"는 말이 나온다. "우선, 너 자신을 알라!"고 가르친 소크라테스야 말로 창조적, 쟁론적인 사고가 넘치는 사람이다. 글쎄, "자기 자신을 알라!"니? 그러나 소크라테스가 그런 말을 한 이유가 있을 것이다. 예삿말이 아닐 듯하다. 플라톤은 소크라테스의 큰 제자이며 그 유명한 《소크라테스의 변명》을 또박또박 옮겼으니, 소크라테스의 체취를 곧잘 옮겼을 여지가 있다. 큰 스승의 체취를 전하는 소중한 자료가 된다면 문제될 게 없다. 알렉산더 대왕의 선생님으로도 잘 알려진 유명한 아리스토텔레스는 소크라테스의 더 객관화된 모습을 전할 학자일 수도 있다. 이미 한 다리 건너 선 스승의 스승이니까. 그저 맹종하거나 답습하려 하지는 않았을 듯하다. 그뿐 아니라 아리스토텔레스는 중세 한때 학문적으로 잊혀진 적도 있지 않았던가.

내가 학생 시절이었다. 그 당시의 책들에는 "중세는 종교적으로 보나 뭐로 보나 그저 암담한 암흑의 세상이 다"라고 쓰여 있었다. 당시 왜 그런 무서운 지식이 퍼졌 는지 모른다. 이제라도 그 진실이 밝혀지면 학술 발달 을 위해서도 좋지 않을까. 아무튼 역사에 관심 있는 이 들은 중세 서양은 그저 '암흑 세상(the dark age)'이라 는 식으로 배울 수밖에 없었다.

그러나 바로잡을 기회가 왔다. 나는 연전, 한동안 내 가 잘못된 교육에 함몰되어 있었다는 것을 알았다. 한 권의 책이 나를 일깨웠다. 책의 저자는 서울대학교 식

품공학과를 졸업했으나 전공을 확 바꾸어 서양철학을 공부하고 가톨릭대학의 철학과 교수가 되었다. 그는 시대에 잘 맞는 전공 대신 철학을 선택한 것이다. 그는 아우구스티누스 전공자로 알려지기도 했고, 한국 가톨릭의 한 상징적 존재가 된 김수환 추기경 연구의 중심인물이 되기도 했다.

"소크라테스, 그는 왜 위대한가?"중세의 암흑을 걸어낸 박승찬 교수는 그의 쾌저《철학의 멘토, 멘토의 철학》에서 이렇게 말했다.

"이전의 그리스 철학이 자연의 이치, 물리적 구성 문제 등을 파고들었다면, 소크라테스는 인간의 관계, 삶과 관련된 여러 파생 현상을 중심으로 문제의식을 갖고 추구해 나갔다."

내 생각을 덧붙인다면, 소크라테스 아버지의 직업이 산파(産婆)였던 것도 하나의 이유일 수 있다. "아버지가 몸의 산파라면 나는 영혼(soul)의 산파이다"라는 그의 말이 또렷이 들린다. 소크라테스는 아테네 거리에서 만나는 사람들의 고뇌를 들으며 문제해결을 추구했고, 따르는 사람들로 종종 둘러싸이곤 했다. 그러다 보니 그는 '스승'으로 불리기도 했다. 그는 청빈했고 '아테네의 빛'으로까지 평가되었다.

소설가 황순원 선생님

경희대 고교생 소설 신인상에 응모
그러나 예심했던 대학원생
안타깝다고 200자 원고지 글씨가 너무 악필이라고
하여 소설 당선 2석!

나중에 보니 황순원 선생이 내 책 "잘 받았다"는 인사,
선생님, 그리 안 하셔도 됐는데……
"작가는 작가가 위해주어야 되거든"
한 마디만 말씀하시면
그 말 한마디로 되는 것인데……
새까만 신인에게 몇 차례 전화하는 성의!

박완서 선생 댁에서

부럽게 많은 단어와 이디엄들이
춤추는 곳.
마침 식구들은 모두 나가고
단둘이 저녁 시간을
나누게 되었네.
"이건 좀 짜지요?
이건 좀 싱겁고요."
나는 음식 맛에 녹아
정녕 하고 싶은 말은 못했네.
그러나 다음 기회는 짓궂은 신이
빼앗아 버렸네.

이런 아르바이트

고향을 팔베개처럼 베고 누울 사람도 있고,
거기에 안락의자에 앉듯 앉을 수 있는 사람도
있어
그들은 곧 단꿈을 꾼다.

한데, 내 만나는 사람들 중엔
어떤 업고인지
고향을 아예 저당 잡힌 이들도
있어
그들은 고향을 되찾기 위하여
고된 아르바이트를 하고 있다.
방랑이라는.

불의 그리스도

저 하늘의 한가운데서
한 사나이가 몸을 뒤틀며
괴로워하고 있다.

시방 한 사나이가
고뇌의 만신창이가 되어
뜨거운 불의 피
빛나는 불의 피,
한 사나이가
세상의 갈피갈피
세상의 깊이 깊이에
그의 고통으로 빚은 생명의
피를 끓여 붓고 있다.

고야는 "그림 이상"의 것을 떠안으려 했다

누군가 말했다. "옛 명인은 옳았다!"고.

고야는 옳았다. 대담하게도

누드의 여인을 그려, 온 세상 떠들썩한

명성을 누리기도 했지만,

무명의 전쟁 희생자들을 더 많이 그렸지.

마침내 그가 73세가 되어

병마에 시달리고도 병마에 굴복한 듯싶다가

다시 일어선 날, 닥터 아리에타의 서한에 감사하며

그림을 그렸다.

"나는 아직 배울 것이 있다!"

그는 외치기보다 쌍지팡이 잡은

귀족들만을 위해 그림을 그리지 않았다.

두보가

"나라는 깨지고 산하만 남았다"

고 했으나,

가난한 사람들이 깨지고 톱날로 두 토막 나는

그림 그릴 때 한숨짓고, 눈물도 흘렸다.

그의 한숨 소리는

화집이나 미술관 바닥에 깔려 있고

내가 묻는 질문엔 그냥 내게 되돌려준다.

왜?

"시간은 진실과 더불어 날아가는

것인가?"

* 고야의 한 그림은 한 사람의 허리를 톱질하는 모습을 보여준다.

붓질의 즐거움

백지여도 좋다.

백지가 아니어도 좋다.

더는 넓지 않아도 좋다.

좁은 넓이는 작은 붓이라고 물리치지 않는다.

손가락은 더 좋다.

근육이 슬금슬금

숨결도 "흑흑흑!"거칠어간다.

여기 원시적 엉킴과 외침이 있다.

"붓질은 즐거워!"

아프리카아프리카아프리카 사나이들

아프리카아프리카 가시나들도 상관없이

그들의 율동처럼

붓질은 가난 따위 부끄러워

감추지 않는다. 이 붓질!

붓질은 색채의 아우성! 아우성!

하나쯤 죽어도 모르네,

살고 죽음은 붓질이 상관도 안 한다.

마침내 선도, 원근법도, 온통 다 망가트린다.

거기에 졸졸졸

물이 고인다. 땀인가?

죄다 편안해진다. 샬롬!

작은 우주.

붓질은 언제든

구름인 듯 다시 거센 물결 일으키려는 듯.

작업실 걸레 씨가 노래함

몇 달, 대체 목욕하는 게
몇 달 만인가? 해를 넘긴 듯도 하고,
큰 대야 물에 담가놓기만 했는데
검은 때가 인다. 가루비누도 놀랐다고!

주말도 없이 방에 들러서
끼적거리거나,
컴퓨터 단말기 앞에서
생쥐(mouse)를 잡고 씨름하는
주인에게 몇몇 번이고
간절한 눈빛 보내도
그는 대야 물에 제 몸 씻지
걸레 쪽은 모른 체했다.

마침내 오늘이 있기에

모든 걸 잊자. 용서하자.

이제 작업실에 새 바람 불고

방바닥에도 물기가 마르겠지

주인은 인심도 후하지

하찮은 걸레쪽이나마

대야 물에 담그고

때를 씻어내게 하누나.

주인의 글을 감히 평가하지 못하나

그의 글에도 오늘따라

맑은 바람 불 테지.

정육면체

어느 날 혼자 걷는
산책 길,
가여운 낙엽 내 오피스텔에
데려다가 씻기도 하고
재워준다.

영혼이
시신과 갈라서면
영혼은 자유로워지는가?
나의 의문은 철학도 아니고
존재론도 아니다.

— 서울 법대 출신도
공대 출신도 듣지 않았다.
그들은 공부 방식이 달랐다.

연극은 그저 되풀이 하다보면
떠오르는 게 하나 둘 있다 —
"인생은 연극 이상의 것!"

배우의 노래

그 많은 눈들은 뭘 얻어갈까.

나는 그들 앞에 다짐한다. 난, 삶의

진수(眞髓)를 안다.

나는 내 해골을

끄덕거려보고, 혹은 두들겨보고

혼의 신념을, 혼의 불멸을 다짐하는

그런 위인이며

나도 누구처럼

삶의 진수를 안다.

그 많은 눈들은 내게서 뭘 찾으려는가.

그 많은 혼들은 어둠 속에서

공감의 눈을 뜨고

나를 본다.

나도 어두운 살(肉) 속에서 그들을 본다.

나는 발언한다.

'이것이 진실입니까? 아버지!'

나는

가지런한 치아들처럼 객석에 앉은

그들을 느끼며, 발음하는

입술이다.

나는 상징의 숲 속에서 가상(假像)의 집안에서

가상의 인물과 관계한다.

나는 그녀를 유혹한다,

그녀는 미소한다, 나는 키스한다, 우리는 가상의 침

대로 간다,

그녀는 아마 이 역(役)의 이 부분을 좋아한다.

나는 분명 그렇다, 많은 눈들아…

나는 누워 있다. 나는

가상의 진수를 안다. 나는

내 해골을 흔들어보아 알고 있다. 나는

누워 있다. 지난 모든 내 발자국을 잊어버린 내 발로,

이젠 죽음의 땅을 밟으려 한다. 나는

표정한다. 이것은 나의 천직(天職). 많은 눈들아…

나는 누워 있다.

나는 죽음의 진수를 안다. 보라.

나는 죽었다… 죽는 것 또한

나의 천직이다.

나는 죽어 있다.

나는 편안하다.

영혼의 누이에게 드리는 송가
- 절대 고독의 시인 에밀리 디킨슨

에밀리 디킨슨

여자 아이 때부터

살그머니 열리는 영성(靈性)의 문틈으로

살며시 새어 나가

어린 쇼팽이 소리에 홀리듯.

나무 잎도 살피고 하늘 바람도 살폈다.

그녀는

살그머니 열린 영성의 문을 드나들었다.

프레데리크 쇼팽이 절대 음감의 귀를 가진 듯,

디킨슨은 영성의 절대 영역을 감지했다.

물에서도 뭍에서도

숲에서도 꿈에서도

보는 감동의 풍경!

에밀리 디킨슨,

혼자 앉아 쓰며 지으며,

그 육필의 단어들

인쇄 활자가 못 된 외로운 육필로

흰 노트의 벌판에 뿌리고,

그녀는 때때로 그 밭에 뿌려진 언어들이

말라 죽을까 두렵기도 하였다.

디킨슨의 절대 고독은 거기 있었다.

디킨슨,

당신의 시는 비 오는 날이면

바람 세게 부는 날이면

당신의 작은 책상에서 부르르 떨었을 것이다.

당신의 시혼은 유배된 혼이었나,

불운에 한숨 짓고 있었을 것이다.

3부

발은 날개가
있지 않다

"기차닷"
- 기적 체험을 하고 쓴 시

'주님 사랑'이라는
내 붓글씨가
나의 새벽 기도 자리 맞은쪽에 붙어 있다.
물론 '내 솜씨'이다.

아홉 살 나이에
두 차례 폭격으로
실로 '앉은뱅이' 짓도 했거니와
열한 살 때 남 모를
'기적'의 철길!
"기차닷!" 바로 천사의 음성. 단 한 번!
지금은 81세
나는 80년 넘긴 은총 속에 산다.

지금도 그 기차는 서울-문산 길을 다닌다.

"파킨슨 병, 저에게서 거두어주소서."

빌고, 빌지만……

나의 후배들에게

내가 자네들을 귀히 여기는
비밀이 하나 있다네.

여섯 살 아래 남동생이 6·25때,
1951년 1월 9일.
피난길에 죽은 엄마 등에 업혀서
덩달아 파편 맞아 죽었지. 단 3살로!
후배들을 만날 때는
문득 그 동생 얼굴이
떠오른다,
자네들이 모두 내 동생 같아서……

내 동생은 세 살배기로 무덤도 없이
남의 뒷산에 그렇게 내버려졌다.

아, 아 6·25

6·25!

이 전쟁이 누구의 전쟁이었다 하나?

모든 민족에게는 아픈 전쟁이 있지.

잊고 싶으나 잊을 수 없는 전쟁이었다.

6·25는 김(金), 그리고 이(李)의 전쟁(戰爭)이 아니었네.

그 비극은 민족의 비극! 역사의 비극이었네.

그런데 지금까지 세계인의 거죽과

영혼을 찌를 6·25 문학이 있기나 했나?

나에겐 이런 메모가 거의 드물다.

어디에 끊고 들어가려고 했을까?

6·25 원망하듯이

찬가 부르네.

태극기

특히 눈물 난다
"동해물과"를 들으면
눈에 눈물 고인다.
여럿이 심각한 모임에서
나이 먹은 사람들 목이 멘다.

"하나님이 보우하사
우리나라 만세!"

6·25때 참 많이 울었는데,

"우리나라 만세!"

할아버지 이야기

열 살도 안 된 내게
"겸상하자꾸나!"
아랫 목에 불려간다.

내가 다리에 파편 맞아
걷지 못하자
헌 자전거 구해서
파주까지 가야 돼!

"너를 네 아범에게
데려다 주마"
파주에서 대전으로
노인이 소금밥 만들어준다.

할아버지가 죽는 순간이 다가오자

"난 떠난다. 해줄 얘기 혹시 뭐 있니?"

난 씩(!) 웃었다.
30여 명 중 10여 명
죽었다.
난 씩 웃었다.

그 뒤로 예수님께 이름조차 모르고
대들었다. "이 몰인성아!"

그 할아버지는 동네 호랑이였고
수인 모습의 안중근 사진을 대청마루에 모셨다.
성도 모르는 아이를 친히 길러주었다.
자신이 마련해둔
나무 관에 못 들어갔다.

겨울 밭에 되살아난 "작은 아범"의 발

맵도록 추운 겨울 들판

오래도록 머물다 오신 할머니,

"얘, 오늘은 네 '작은 아범'의 발자국을 봤구나!"

할머니는

1951년의 1월,

무차별 폭격으로 죽은 '작은아들'의 모습이

눈에 밟혀, 시린 들판 밭을 살피다가

지난해 밭일하다 남긴 '작은아들'의

발자국을

찾아내고 반가워, 반가워, 그 발자국 더듬으며, 어루

만지며……

손이 빨갛게 얼도록 추운 들판에 앉아 있었다.

"그 아이는 유난히도 발이 컸지.

발에 맞는 신이 없어서

일부러 웃돈 주어 큰 구두를 지어주기도 했지."

돌아오지 않는 아들의

밭에 찍힌

발자취에 그리움의 눈물을 부어 넣다가,

그 차가운 밭이랑의 흙에서 살아난

아들의 외로운 맨발 쓰다듬어보다가

춥기도 추운 겨울 들판의

밭이랑, 고랑을 헤매다가

눈이 빨개서 돌아온

"오, 할머니, 우리 할머니."

"너도 키가 큰 것, 발 큰 것은

네 '작은 아범'을 영락없이 닮았구나!"

파편 맞아 앉아 지내는 손자의 발

어루만지던 할머니의 손길.

내게 주는 말 한 마디

그 다다음 달엔가

네이팜 탄 맞아 인민군 본부로 쓰이던

불더미 된 집에서

발 큰 '작은 아들'의 혈육

어린 사촌 영수를 안은 채

불의 심연 속에 가라앉아

재의 꽃으로 피어난

오, 우리 할머니.

"가래톳엔 쇠오줌이 좋대요" 내게도 마음 쓰던

돌아오지 않은

젊은 아들의 영원한 어머니

홀로 겨울 밭을 온통 슬픔으로 채운

우리 할머니.

이제 그 할머니의 모습을

기억해 줄 사람 있는가.

전쟁은 피를 흘려 본,

피붙이를 잃은 사람들의

마음 들판에 깊이 새겨져 있을 뿐……

* 이 시는 6.25 전쟁 중, 1951년 폭격으로 불살라진 한 노인을 기억하기 위한 시.
  (6.25에 관한 일련의 작품 중 하나)

미당 선생님께

미당 선생의 화법은
자기 자신을 희화화하기도 했고,
나 같은 젊은 시인에게는 까무레한 꿈을
꾸는 데 있는 듯.
"이 좁쌀을 내가 경주 문학 강연 갔던 때,
받은 것이지. 한 홉은 자네가
우리 집 곁 논에 뿌리고
내년에 소출이 나오면,
그것을 다른 누구를 우리가 골라
다음 주인으로 삼자는 얘기야.
허허, 호 군, 조오치?"

미당 선생님께 II

미당 선생님.

먼저 눈시울이 뜨거워집니다.

교정에서나,

길에서나,

우연히도 자주 뵙고.

주례를 서주셨지만,

하루는 댁에 갔더니,

일하시는 중!

중국 명저 번역하시는군요.

"이런 일은 그만 하셔도 될 텐데요?"

"아니야, 자네가 뭘 모르는군."

"뭣을 모르는가요?"

"내가 안 하면 누가 이런 명인과

내 이름을 함께 나란히 배치하겠어? 허, 허, 허."

저희들에게 나누어주신

먹으로 자필 시를 써서

주신 것이 보석 같은데요.

선생님!

장마철, 어둔 밤 그리고 그 '기적' 소리!

어두웠다. 다만
길이 있을 뿐.
전에도 가 본 철길이었다.
드디어 철교가 시작되는 지점,
철길 보안등은 전쟁 통에
꺼지고
어둠의 길, 철교 밑에는
장마철 거센 물살 흐른다.

소년은 월롱철교를 건너려고
엎드려서
두 손으로 앞의 철교 침목을 더듬었다.
장맛비에 도로는 끊기고
고향 가는 버스 끊긴 뒤,
소년은 하루 종일 고향으로 가는 길을 걸었고

같은 길 걷던 검정 작업복 제대 군인 아저씨도

금촌 역에서 작별하고

어둔 밤 홀로 간다.

"웬만하면 우리 집에서 하룻밤 묵고 가렴!"

검정 작업복 아저씨 말을 따를 걸!

더듬더듬 철교를 타고 건너기 몇 미터,

그에게 진정 두려운 것은 무엇일까?

철교에서 사나운 기차와 만나면 한순간에 죽겠지?

소년은 떨면서 더듬더듬 철교를 건너고 있었다.

그런 순간에

그 소년에게 새로운 세계로 통하는 터널이 열렸다.

한 번도 가본 적 없는 세계의 통로가 열렸다.

"기적이 내게도 오지 않겠지?"

"기차닷!"

그 소리는 단 한 번 났다. 나를 돕는 소리일까?

난 기적을 당했다.

단 한 번의

맑은 음성

나는 살아났다!

* 최초의 나의 간증시임.

우리들의 그 '로빈 윌리엄스'가
더는 안 보인다네

"그가 자살이라니!"
그저 마지못해 죽었을 뿐.
하나님, 자살자에게 '예비표'가 있나요?

그 배신은
호되게(!) 우리의 등짝을 때렸다.
그는 아주 눈물겨울 만큼 은혜로운
삶의 영역을 굳이 지킬 것으로 의심치 않았다.
그는 흔한 배우가 아니었지.
"오오, 코미디의 천재!"
(치매라는 병이 그의 삶 위에서 죽음의 깃발 흔들기
전에는)

그가 이제는 데스 마스크를 썼다.
우리는 나날이 라이프 마스크를 쓰느라고 바쁘지만

그는 '죽은 시인의 사회'를 떠나

그를 강력히 애타게 부르는 다른 고장으로 간 모양이다.

오, 로빈 윌리엄스!

오, 우리들의 '가여운' 배신자

로빈 윌리엄스……

발은 날개가 있지 않다

그 비둘기는 자기의 죽음을
몰랐다. 제 죽는 날과 시간도
몰랐다. 죽음은 그러나 어김없이
찾아왔다.

나 죽음의 시간에 기도하리
내 죽음의 날은
내 말이 살아있는 말
하늘을 달려서
하나님께 가리라
그 비둘기는 자기 날개로
죽음의 자리 찾았으나
나는 말로서 하나님의 곁으로 간다.

산문시

갈렙, 그리고 모지스 할머니에게 배우기

　지금 나는 어느 스승 시인의 평전을 쓰는 중이다. 정확히 말하자면,

　지난해 내가 평전의 초고를 끝냈어야 하는데, 내가 자꾸 시간을 끌고 약속을 못 지키고 있다. 나의 부실함이 첫째 가는 탓이지만, 일이 워낙 까다롭다. 85세로 세상을 떠난 그 시인은 결혼한 일이 없고 자녀도 없어서 그의 생존 시에 나는 그의 유사시에 있을 문제(장례 문제 등)로 고심하지 않을 수 없었다. 형님이나 누님의 소생인 조카들이 있는 모양이지만, 내 물음에 답하는 선배 시인의 답변으로는, 편히 의탁할 정도는 아니었다.

　그와 처음 교류한 것은 동국대에 입학하기 전이었다. 특히 대학 초기에 자주 뵈었던 것으로 기억한다. 중간에 다소 멀어진 동안은 있었지만, 그의 노년을 지켜줄 사람이 보이지 않아 내가 다시 다가갔다. 그가 노년

에 예술원 회원이 되어 생활비 걱정을 덜어 다행이었다. 그러나 그 시인이 어느 날 훌쩍 세상을 떠나면 일처리가 큰 문제였다. 노경에 들어 선 그 시인의 삶이 새삼스러워 보인다. 특히 그가 시문학 이유로 시에만 충실하기 위해 결혼을 하지 않은 것이 매우 경이롭다. 나는 거듭 태어나도 그를 본받을 수가 없다. 그의 장점은 많았다. 아마도 대충 1만 명의 시인이 살았고 살아오지만 그분처럼 온통 시에 자기를 헌신한 분이 또 있을지 의문이다.

내가 부족한 점투성이지만, 그래도 하나 다행인 것은, 내가 42세 때 꾼 꿈이었던 듯하다. 하루는 꿈에 백발의 초라한 내 모습을 보았다. 당나라 젊은 시인 이하(李賀)가 "백발이 된 자기를 보고 꿈에서도 울었다"는 시가 떠올라서 며칠을 잠 못 이루기도 했다. 내가 고민

하고 얻은 결론은 "기본 되는 것을 늦더라도 새로이 시작하자는 것"이었다. 그래서 영어공부를 새로 시작하고, 운동을 줄곧 계속하며, 신앙생활에도 다가가고 자기 자신을 개혁(reform)하자는 것이었다. 그 뒤 하루도 빠지지 않고 비가 오거나 눈이 오면 우산을 챙겨 기로로 나섰다.

　나는 건강문제에는 소심하고 매우 쩨쩨하다. 남에게 추하게 보이지 않으려 안간힘을 쓴다. 그러나 아무리 그렇게 해도 나이는 안 먹을 수 없고, 늙음을 막을 길 없다. 그러나 우선은 마음가짐이다. 성경의 갈렙은 나이 84세에 대장 여호수아에게 험한 산지(山地)를 청하는 등 녹록지 않게 일에 의욕을 보였다. 내가 자꾸 나이를 먹으면서 기독교 성경의 갈렙은 분명한 본보기가 되고 있다. 2017년에 생에 처음의 개인전을 할 때도 갈

렘, 그리고 또한 미국의 모지스 할머니가 나의 롤모델이 되었다. 모지스 할머니는 놀랍게도 76세에 처음 그림을 그리기 시작해 많은 미국인의 마음을 움직였다. 〈타임〉지 커버 스토리로 나오기도 했다. 당시에 뉴욕시장은 '모지스의 날'을 선포하며 축하했을 정도였다.

당연하게도 사람은 매일 새로 태어나고 한편으로 매일 죽는다. 그 죽어가는 노인들 중에도 롤모델이 있다. 근래에 나온 〈뉴욕타임스〉지의 부고 모음을 보면, 그 책이야말로 훌륭한 롤 모델들의 집합이다. 벤저민 프랭클린, 비스마르크, 쑨원(孫文), 요한 23세, 아인슈타인, 존 스튜어트 밀, 니체, 게리 쿠퍼, 닐 암스트롱, 엘리자베스 테일러, 프리다 칼로, 앙리 마티스, 이승만, 김대중, 피카소, 찰리 채플린, 말론 브란도, 로렌스 올리비에, 마릴린 먼로, 장 폴 사르트르, 헨리 포드, 험프리 보가트, 칼 융 등등 세계적 명망가의 대열이다. 그들에게서 좋은 교훈도 얻고 혹 나쁜 본보기도 보지만 나쁜 것은 배척하면 된다. 각자가 롤모델을 스스로 골라 보는 것도 좋지 않을까.

오! "소더비"에 가면!

나도 소더비(Sotheby's)에 가고 싶다.

거기 세상 천지에 없는 게 없다며?

화가들 그림 퍽 괜찮은 게 많다고,

글쎄 달마(達磨)스님 초상도 근사한 게 있다던데?

소더비에 갈 건가?

그래, 성지순례는 못가더라도

소더비에 한번 가자.

거기 영적(靈的)인 것이 더러 있을까만

그애와 나, 가보자.

이젠 20세기도 옛것! 아예 22세기도 많다.

오! 멋진 신세계, The Brave New World!

지금은 올더스 헉슬리도, 진화론자 그 할아버지 토마스 헉슬리도 감동을 못준다.

멀쩡한 청바지 찢어 입고,

흐린 날도 시커먼 선글라스 쓰고,

목덜미에 그림 문신 그려 넣고,

화난다고, 샘난다고 그저 아무나

막 쏘아 죽이는 그, 오,

자가용 비행 자전거를 실험하는 이 시대!

그래! 소더비에나 가자.

하지만, 소더비에 없는 것도 꽤 많을 걸……

날개가 있으면 날기라도 하겠다는 천재 시인 이상의
〈날개〉나

"13인의아해가도로로질주하오" 하는 이상의 시 원고는

"없는 게 없다"는 소더비에도 없으리.

시인 이상이 반쯤 미쳐 떠나간

그 낭떠러지 끝의 한심한 세월은

거기 없으리.

수천의 큰 소더비 수장물(收藏物) 창고에도 없으리!

내가 소더비에 가야 하나?

소더비는 다음 세기에도 존재하고,

그 수장고야 점점 커지겠지.

소더비가 세상의 값을 새로 매기나보지?

소더비가 값을 매기면

세상이 그만큼 더 귀해질까?

정말 세상이 값지고 귀해질까?

시인 김춘수 선생님께

부다페스트에서 소녀의 죽음을
기억하시고
그 소녀를 죽게 한 정치적 상황을
규탄하신 선생님.

마흔 살이 되어서도 그 감동에
선생님, 모임에 참석하신 김춘수 시인을
불렀으니 저도 짐이지만
의외로 제 이름 기억하시곤
"왜, 좀, 내게 오지 않았죠?"
"찾아 뵙기 민망해서요.
그러나 이승에서 선생님의 모습을 꼭 뵙고 싶었네요."

그렇지, 시인이란 끊어질 듯싶은
인연으로 기억하고 숨을 같이 쉬고,

함께 웃고……

내 노트엔 "부다페스트의

못된 정치에 죽은 소녀……"

김 선생님, 평안하시기를 빌겠습니다.

시혼(詩魂)에게
- 내 엄마*께

말띠인 내가 먼 초원을 마음대로 달리고 싶어 늠름한 말(馬)을 원했을 때

당신은 우선, 말의 세포(細胞)를 설명하셨다. 그것은, 숱한 작은 살점을,

보이지 않는 무수한 생명의 실로 꼬매어 이룬 것이라고.

나는 그때 당신의 철부지 아이였고 그 말뜻을 알 수 없었다.

나는 오늘, 당신의 그 말씀과

당신이 즐겨 읽으시던 〈예레미야 애가〉라는 책의 표지를 기억한다.

난, 지금 내 앞에 놓인 백지(白紙) 위를 달릴 나의 늠름한 말(言語)을,

당신이 내게 주신 핏줄과 살점으로 엮으면서,

이웃나라 얘기에 나오는 쓰우**란 여자를 상상한다.

내 이렇게 말을 엮으며 야위어가다가 어느 날 문득
남루한 살을 걸친 촉루가 다 되었을
　때, 당신은 나를 위하여 또 무슨 말씀을 하실까,
　당신은 아마 당신의 집인 흙 속에서

　당신의 해골을 빛내시며 이번엔, 죽어도 아니 죽는
예지를 말씀하시리라.
　그러면 나는 그때에 쓰우 같은 반려와 함께 당신을
위하여 춤과 노래를 엮으리다.

* 나의 엄마는 내 최초의 시(詩) 선생이셨다.
* 키노시타 준지(木下順二)의 단막극 〈석학〉(夕鶴)의 여주인공. 본래 학인데, 사랑
　을 위해 그 날개깃을 뽑아 베를 짜며 야위어 감.

아내에게

'파킨슨 병'이
80 넘긴 내게 온 것,
진짜 예수님의 뜻이 담겼을까요?
지팡이로 걸으면서, 내 삶을
돌아보게 함인가요?

마침내 답이 오면?

〔그대 고맙고 고마워라〕

예수님의 크신 뜻은
우리를 몽땅 한데 엮어
수그리길 원하시나 봐요!

어느 예술가의 초상

하창수(소설가)

어느새 40년이라는 세월이 흘렀다.

군에 입대한 지 일 년 남짓, 이른 바 '군대 맛'이란 게 어떤 건지 제대로 알아가던 1983년 겨울 어느 일요일 아침, 야간 당직근무를 마치고 대대관측소 내무반으로 들어선 나는 평소 같았으면 이내 모포를 덮고 잠 속으로 깊이 빨려 들어갔어야 했다. 그런데 주간근무가 시작되면서 대부분의 병력이 빠져나간 썰렁한 내무반은 그날따라 유난히 을씨년스러워 보였고, 기댈 곳만 있어도 잠이 드는 '군바리'의 생리와는 달라도 너무 다른, 갑자기 불면증 환자라도 된 듯 눈이 말똥말똥해졌다. 흰 머리가 늘어나던 어머니의 모습이 떠오르고, 소고기

국에 이밥 먹고 싶으면 얼른 넘어오라는 대남방송은 메아리가 되어 떠돌고, 내무반 창문에 쳐놓은 바람막이 비닐은 쉴 새 없이 팔락거렸다.

그래서 텔레비전을 켰다고 한다면, 그 시간 이후로 이어지게 될 참으로 소중한 '인연'에 대한 예의가 아닐지 모른다. 나는 모포 안에 파묻었던 몸을 일으켜 내무반 침상 끝 녹색 페인트로 칠한 투박한 선반 위에 올라앉아 있던 텔레비전으로 다가가 전원 스위치를 돌렸다. 스위치 하나로 전원도 켜고 볼륨도 조절하던, 14인치 정도 크기의 흑백텔레비전 시절이었다.

텔레비전을 켜고 다시 모포 속으로 몸을 우겨넣자, 마치 기다렸다는 듯 새로운 프로그램이 시작되었다. KBS 〈TV문학관〉 재방송. 비장한 음악이 흐르면서 〈어느 시인의 죽음〉이라는 타이틀이 나타났을 때, 왠지 가슴이 덜컥 내려앉았다. '시인'이라는 단어가 주는 막연한 설렘에 '죽음'이라는 단어의 무거움이 겹치면서 팔베개를 하고 삐딱하게 누워 있던 나는 어느새 일어나 앉아 있었다. 곧 원작자의 이름이 나타났지만 내게는 생소한 작가였다. KBS 홈페이지에서 〈어느 시인의 죽음〉을 검색하면 이렇게 설명되어 있다.

1983년 8월 27일 밤 10시 〈TV문학관〉으로 방영. 러닝타임 120분. 원작 호영송, 극본 박병우, 연출 장기오. 한 불행한 시인의 양심과 문학적 신념을 보여줌으로써 이 시대가 추구하는 가치기준의 허와 실을 파헤치면서 시를 쓰는 이유와 인간이 살아가는 이유를 조명해 본 드라마.

두 시간 동안 나는 꼼짝하지 않고 텔레비전을 응시했다. 그것은, 내게는 아주 소중한 경험이었다. 누군가에게는 별 것 아닐지 모르는 것도 다른 누군가에게는 엄청난 것이 될 수 있다는, 너무도 당연하지만 알아내기는 힘든 사실을 나는 그 두 시간을 통해, 어쩌면 태어나 스물세 해만에 처음으로 인식했을지 몰랐다. 예민한 감수성이 표정 하나하나에 살아 있던 '시인'은 예술의 고매함과 시대의 아픔을 가슴으로 느끼며 살아가는, 그래서 현실과의 타협을 '죽음'처럼 여기는 천상의 예술가였다. 그날 나는 한숨도 자지 못했다. 마치 첫사랑에 가슴을 앓는 소년처럼 멍하니 오후를 보냈다. 저녁 무렵, 야간근무를 위해 관측소로 올라가다 마주친 서쪽 하늘의 피멍같은 놀은 예전의 것이 아니었다.

다시 한 번 일어난 우연도 공교롭다. 관측장교가 순찰을 나가며 내게 맡긴 것이다. 월간문예지 《문학사상》

1983년 10월호 – 예전 같았으면 후루루 넘겨보고 말 았을 잡지가 무슨 경전처럼 보였다. "제7회 이상문학상 발표"라는 흰 글씨와 "창간11주년 기념 특집호"라는 붉은 글씨가 도드라진 책 앞쪽에 '나의 문학적 자화상 28 인'이라는 코너가 있었는데, 스물여덟 문인 가운데 한 이름이 내 눈으로 빨려들었다. 호영송 – 나는 숨이 멎는 것 같았다.

나는 처음으로 받은 연애편지를 읽듯 그의 글을 읽었다. "이 시대, 나는 무엇을 쓰자는 작가인가?"10여 매 남짓한 당신의 글을, 관측장교가 순찰을 마치고 돌아온 한 시간 동안 나는 읽고 또 읽었다. "예술가는 자기 자신의 모습을 보는 눈을 통해서 세계를 본다."는 말은 지금도 또렷하게 기억하는 대목이다. 그리고 그 글의 말미에 적힌 약력을 통해 그가 이미 약관의 나이에 빼어난 시를 썼던 시인이며 10년 전에 〈파하의 안개〉라는 독특한 알레고리 소설로 문단의 주목을 받은 소설가라는 사실을 알게 되었다.

어느 날 갑자기 우연이라는 이름으로 다가온 인연의 끈은 내게 편지를 쓰도록 만들었다. 당신이 복사해서 보내준 단편 〈어느 시인의 편지〉는 하도 읽어서 제대할 무렵엔 낱장이 너덜너덜해질 정도였다. 처음 편지를 보낸 이후로 선생과 나는, 내가 등단하게 되는 1987년까지 4년여 동안 100여 통에 이르는 편지를 주고받는다. 정식으로 문학수업을 받아본 적 없던 내게 그 4년은 그 어떤 강의보다 멋지고 아름다운 문학수업의 기간이었다. 사람의 일이란 참으로 알 수 없어서, 나는 꿈에도 생각지 못한 소설가가 되었다. 그 시작이 1983년의 겨울, 중부전선 냉기 가득한 내무반에서 손바닥만 한 텔레비전으로 본 2시간짜리 〈TV문학관〉 재방송 드라마였다는 사실은, 생각해보면, 참으로 꿈같은 일이다.

*

호영송 선생은 예술가 본연의 의미를 고스란히 간직한 예술가다.

고교시절 은사였던 성찬경 시인의 눈에 띄어 시동인 《60년대 사화집》의 최연소 시인이 되었다는 것부터가 남다르지만, 대학에서 연극을 전공하고 우리나라 최초로 일인극을 공연한 배우였다는 사실은 무척이나 특별하다. 그가 일인극 〈모노드라마〉(에드가 앨런 포 원작, 송성한 연출)에 출연한 건 스물네 살이던 1966년, 일인극하면 쉽게 떠오르는 추송웅의 〈빨간 피터의 고백〉이

초연된 게 1977년이라는 것을 생각하면 배우 호영송이 어떤 모습이었을까 너무도 궁금하다. 연전 노익장을 과시하듯 연극평론가 안치운 교수와 함께 집필한《우리들의 셰익스피어》를 상재한 배경에도 연극에 대한 당신의 애정이 깊이 드리워져 있다.

단편소설 〈파하의 안개〉를 '문학과지성'에 발표(1973)하면서 데뷔한 소설가, 수많은 애청자들을 거느렸던 KBS라디오 일일 시추에이션 드라마 〈아차부인 재치부인〉을 무려 4년(1982~1986)이나 하루도 거르지 않고 쓴 방송작가, 서울지역지 '주간시민'의 시청출입 기자(1970)를 시작으로 '문학사상'·'삼성출판사'·'세대'를 거쳐 인문학 출판사를 대표하는 '책세상'의 창업(1986)에 참여해 은퇴하기까지 30여년을 이어온 탁월한 에디터 – 여기에 동성고교생 시절 4·19의거 결의문을 썼고, 육군본부 합창단으로 군복무를 했으며, 예술가들의 초상을 개성적인 필치로 그려내 개인전을 열었던 화가의 이력까지 더해지면, 그를 형용할 수식어는 '천상의 예술가' 외에 달리 없다.

어느 하나에 국한하기 힘든 호영송 선생의 예술가적 면모들 가운데 꼭 하나를 집으라 하면 내겐, 당연히, 소설가 호영송이다. 하지만 '시인 호영송'은 어느 것에도 양보할 수 없는 당신의 독보적 성채다. 스무 살 때 타이프라이터를 이용해 한정판으로 펴낸 팸플릿 시집 《시간의 춤》(1962) 이후 범조사에서 출간한 《호영송 시집》(1965)이 지금껏 펴낸 그의 시집의 전부란 사실은, 시인으로서의 그의 성채를 고고(孤高)히 빛나게 만든다. 과작(寡作)이라는 말로 다 설명되지 않는 엄정한 시작(詩作)에도 불구하고 그의 시를 기억하는 시인들에 의해 "시인들이 뽑은 시인"(2022)에 선정된 것은 다양한 예술가적 면모들 가운데 '시인 호영송'이 왜 고고한 성채인지를 대변한다. 스무 살 이마 새파랗던 청년이 타이프라이터로 하나하나 쳐서 펴냈던 《시간의 춤》으로부터 60년의 세월이 흘러 산수(傘壽)에 펴내는 시집 《사랑의 나라에서》는 고고히 빛나는 당신의 성채가 높고 높지만 결코 외롭지 않다고 속삭여준다. 노년의 당신이 꿈꾸는 '사랑의 나라'를 언젠가 실현시켜줄 '열 살쯤의 소녀'들이 있기 때문이다.

내가 개천 옆 의자에 앉아 / 책을 보다 잠깐 쉬는 사이, / 10세쯤 되는 소녀가 내 옆에 앉았다. / "선생님, 책 보세요?" / 그러나 겨우 몇 마디 나누지 못한 뒤 / 그녀는 사라졌다. / 그녀가 남긴 말 / "나도 열심히 살 거예요!" / 잠시 나는 깨어나 / 소녀를 / 찾았으나 보이지 않았다. / 나를 격려한 / 어린 소녀, 난 그녀를 / 천사라고 생각한다.

_〈10세쯤의 소녀〉 전문(p.36-37)

하창수 하창수 1960년 포항 출생. 1987년 중편 〈청산유감〉으로 《문예중앙》 신인문학상을 수상하며 혜성같이 등단했다. 1991년 장편 《돌아서지 않는 사람들》로 한국일보문학상을 수상했다. 2017년 제9회 《현진건 문학상》을 수상했다. 번역가로 활동하며 영미문학사 주요 작가들의 작품을 우리말로 옮겼다.

작가 연보

1942년	음력 5월 17일 경기도 파주 출생. 파주(할아버지 댁)와 서울(아버지 댁)을 오가며 행복한 유년 시절을 보냄.
1950년	6·25 한국 전쟁 발발. 서울에서 파주로 옮겨 생활.
1951년	1·4 후퇴 중 30여 명의 가족들이 전투기 폭격을 당함. 두 달 뒤 고향 집에서 두 번째 폭격을 당함. 어머니와 여러 육친을 잃음. 훗날 발표한 시 〈그때의 불탄 자리 노래〉와 〈불 이후〉는 당시의 경험을 바탕으로 쓰여짐.
1955년	동성중고등학교 입학.
1960년	4·19 혁명 발발. 부정선거 규탄 결의문 작성 후 학우들과 경무대 앞에서 시위. 시위 도중 경찰의 일제 사격 장면 목격. 4월 26일 동대문 거리에서 이승만 대통령 하야 성명으로 감격의

물결 이룬 시민들을 목도.

1962년   동국대 연극영화과 입학. 팸플릿 시집 《시간의
춤》 발행. 시인 박희진의 권유로 《60년대사화
집》에 참여해 최연소 동인이 됨. 시단의 '무서
운 아이'로 불림.

1965년   첫 시집 《호영송 시집》(범조사) 출간. 연출가
송성한과 문예극장을 창단. 첫 공연 〈패스포드
와 거짓말〉(송성한 작·연출)에서 주역을 맡음.
이 작품으로 '문화공보부 신인예술상'연극부문
특상 수상. 3학년 중퇴.

1966년   모노 드라마 〈말하는 심장〉(E. A. 포우 작, 송성
한 연출) 국내 최초로 공연.

1967년   추송웅과 극단 창단 협의 중 입대. 1년 뒤 육군
합창단 입단.

1970년   9월 제대. 10월 미당 서정주 주례로 이경자와

결혼. 서울지역지 《주간시민》에서 시청 출입 기자로 활동.

1972년   월간 《문학사상》(주간 이어령)에서 편집기자로 근무. 장시 〈열월熱月〉 발표. 군 복무로 중단했던 시작(時作) 재개.

1973년   첫 단편소설 〈파하의 안개〉를 《문학과 지성》(가을호)에 발표.

1974년   삼성출판사 편집부 근무.

1976년   월간 《세대》에서 차장으로 근무. 이 무렵 소설가 박완서와 개인적 친분을 쌓음.

1978년   첫 소설집 《파하의 안개》(문학과 지성) 출간.

1980년   EBS에서 〈빛을 남긴 사람들〉 등 집필.

1982년   KBS에서 홈드라마 〈아차부인 재치부인〉 집필.

1986년   도서출판 책세상 창업(사장 김직승).

1993년   전업 작가로 전향. 작업실 마련.

1995년	첫 장편《내 영혼의 적들》(문학동네) 출간.
	다수의 소설, 시, 전기류 집필.《흐름 속의 집》
	(책세상) 출간.
1996년	《이 사람이 사는 법》(해돋이),《유쾌하고 기지
	에 찬 사기사》(책세상) 출간.
1999년	장편《꿈의 산》1·2권(책세상) 출간.
2006년	한국소설가협회 주관 '소설 낭송회'에서 매월
	낭송 활동.
2007년	소설집《죽은 소설가의 사회》(책세상),《파하
	의 안개》중판 출간.
2013년	평전《창조의 아이콘 이어령》(문학세계사) 출간.
2015년	뇌출혈 수술 후 회복.
2016년	새벽기도 시작, 5년 6개월간 지속.
2018년	문학의 집에서 첫 개인전〈시간의 얼굴〉개최.
	화집《시간의 얼굴》(미뉴엣) 간행.

2019년	4.19혁명 결의문 작성 및 참여 공로로 건국포장 수훈. 국가유공자로 인정 받음.
2021년	《우리들의 셰익스피어》(안치운·호영송 공저, 책세상) 출간.
2022년	평론집 《60년대 시인 깊이 읽기》(이정현, 문학아카데미)에 작품 수록. 한국소설가협회에서 '시인들이 뽑는 시인상' 수상.
2023년	뜻하지 않은 파킨슨병으로 창작활동 중단. 아내의 헌신적 간호와 예수 그리스도의 뜻에 맡긴 투병 생활로 희망을 버리지 못함
2024년	한국소설가협회에서 '아름다운 소설가상' 수상.
2025년	평생의 기독교 신앙을 바탕으로 한 시집 《사랑의 나라에서》(문학마을) 출간.

사랑의 나라에서

초판 1쇄 인쇄 2025년 1월 25일
초판 1쇄 발행 2025년 2월 5일

지은이 호영송
펴낸이 김정동

펴낸곳 서교출판사
주소 서울시 중구 충무로 49-1 죽전빌딩 2층 201호
전화 02 3142 1471(대)
팩스 02 6499 1471
이메일 seokyobook@gmail.com
블로그 http://blog.naver.com/seokyobooks
홈페이지 http://seokyobook.com
페이스북 @seokyobooks   인스타그램 @seokyobooks
ISBN 978-89-85392-03-7 (03810)